啊美啊

生啊

石川啄木 著
BY ISHIKAWA TAKUBOKU

周作人 译
ZHOUZUOREN

天津出版传媒集团
百花文艺出版社

目 录

一握砂

目录

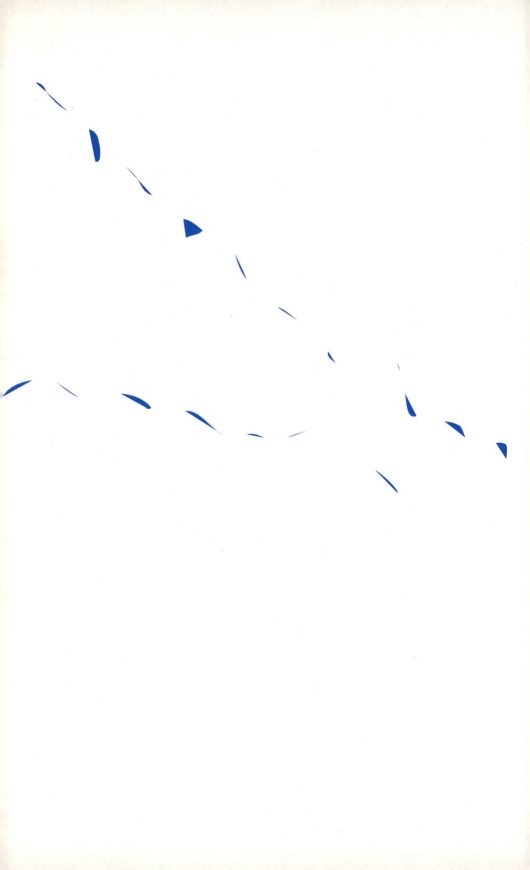

函馆的郁雨宫崎大四郎[1] 君

同乡友人文学士花明金田一京助[2] 君

此集呈献于两君。我仿佛已将一切开示于两君之前，故两君关于此处所作的歌，亦当一一多所了解，此我所深信者也。

又以此集一册，供于亡儿真一之前。将此集稿本，交给书店手里，是你生下来的早晨。此集的稿费作了你药饵之资，而我见到此集的清样则在你火葬的夜里了。

石川啄木

1 宫崎大四郎是啄木在函馆认识的朋友，郁雨是他的号。

2 金田一京助是啄木在盛冈中学时的高年级同学，是啄木的好朋友，花明是他的号。啄木生活困难时，他们在经济上给了啄木一家人很大帮助。

一握砂

爱自己的歌
把发热的面颊
埋在柔软的积雪里一般，
想那么恋爱一下看看。

001 在东海的小岛之滨，

我泪流满面

在白砂滩上与螃蟹玩耍着。

001

東海の小島の磯の白砂に

われ泣きぬれて

蟹とたはむる

002　不能忘记那颊上流下来的

眼泪也不擦去，

将一握砂给我看的人。

002

頬につたふ

なみだのごはず

一握の砂を示しし人を忘れず

003 对着大海独自一人，
预备哭上七八天，
这样走出了家门。

003
大海にむかひて一人
七八日
泣きなむとすと家を出でにき

004 用手指掘那砂山的砂，

出来了一支

生满了锈的手枪。

004

いたく錆びしピストル出でぬ

砂山の

砂を指もて掘りてありしに

005　一夜里暴风雨来了，
筑成的这个砂山，
是谁的坟墓啊。

〇〇五
ひと夜さに嵐来りて築きたる
この砂山は
何の墓ぞも

006 在这一天，
我匍匐在砂山的砂上，
回忆着遥远的初恋的苦痛。

007 横在砂山脚下的，漂来的木头，
我环顾着四周，
试着对它说些话。

008 没有生命的砂，多么悲哀啊！

用手一握，

悉悉索索地从手指中间漏下。

009 湿漉漉的

吸收了眼泪的砂球，

眼泪可是有分量的呀。

010

011 醒了还不起来，儿子的这个脾气
是可悲的脾气呀，
母亲啊，请勿责备吧。

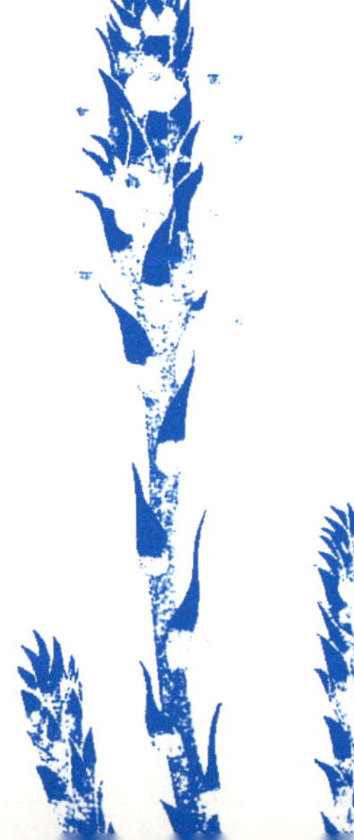

012 ………………………………………

………………………………

………………………………………………

013 我在没有灯光的房里；

父亲和母亲

从隔壁拄着手杖出来。

014 玩耍着背了母亲，
觉得太轻了，哭了起来，
没有走上三步。

015 飘然的走出家，
飘然的回来的脾气啊，
朋友虽然见笑……

016 像故乡的父亲咳嗽似的
那么咳嗽了，
生了病觉得人生无聊。

017 少女们听了我的哭泣，
将要说是像那
病狗对着月亮嚎叫吧。

018 在什么地方轻轻的有虫鸣着似的
百无聊赖的心情
今天又感到了。

019 觉得心将被吸进
非常黑暗的洞穴里去似的，
困倦的就睡了。

018
何処やらむかすかに虫のなくごとき
こころ細さを
今日もおぼゆる

019
いと暗き
穴に心を吸はれゆくごとく思ひて
つかれて眠る

020 ……………………………

……………………………………………………

……………………………………………………

021 在拥挤的电车的一角里，

缩着身子，

每晚每晚我的可怜相啊。

022 浅草的热闹的夜市，

混了进去，

又混了出来的寂寞的心。

023 想把爱犬的耳朵切了来看，

可哀呀，这也由于这颗心

对事物都倦了吧。

024 哭够了的时候，

拿起镜子来，

尽可能地做出种种脸相。

025 眼泪啊，眼泪啊，

真是不可思议啊，

用这洗过了之后，心里就想游戏了。

024

鏡とり

能ふかぎりのさまざまの顔をしてみぬ

泣き飽きし時

025

なみだなみだ

不思議なるかな

それをもて洗へば心戯けたくなれり

026 听到母亲吃惊地说话，

这才注意了，——

用筷子正敲着饭碗呢。

027 躺在草里边，

没有想着什么事，

鸟儿在空中游戏，在我的额上撒了粪。

028 我的胡子有下垂的毛病，

使我觉得生气，

因为近来很像一个讨厌的人。

029 ………………………………

…………………………………………………………………

……………………………………………………

030 耳朵靠了大树的枝干，
有小半日的工夫，
剥着坚硬的树皮。

031 “为这点事就死去吗？”
“为这点事就活着吗？”
住了，住了，不要再问答了！

032 偶然得到的
这平静的心情，
连时钟的报时听起来也很好玩。

033 忽然感觉深的恐怖，
一动也不动，
随后静静地摸弄肚脐。

034 走到高山的顶上，
无缘无故地挥挥帽子，
又走下来了。

035 什么地方像是有许多人
竞争着抽签的样子，
我也想要去抽。

036 ……………………………
………………………………………………………………
………………………………………………

037 时常在电车里遇见的那矮个子的
含怒的眼睛，
这阵子使我感到不安了。

038 来到镜子店的前面，
突然地吃惊了，
我走路的样子显得多么寒碜啊。

039 不知怎地想坐火车了，
下了火车
却没有去处。

040 有时走进空屋里去吸烟，
哎呀，只因为想
一个人待着。

041 无缘无故地觉得寂寞了
就出去走走，我成了这么个人，
至今已是三个月了。

042 把发热的面颊

埋在柔软的积雪里一般，

想那么恋爱一下看看。

042

やはらかに積れる雪に

熱てる頬を埋むるごとき

恋してみたし

043　可悲的是，
给那满足不了的利己的念头
缠得没有办法的男子。

044　在房间里，
摊开手脚躺下，
随后静静地又起来了。

045　像从百年的长眠里醒过来似的，
打个呵欠，
没有想着什么事。

046　抱着两只手，
近来这么想：
让大敌在眼前跳出来吧。

047 我遇到了个男子，
两手又白又大，
人家说他是个非凡的人。

047
手が白く
且つ大なりき
非凡なる人といはるる男に会ひしに

048　想要愉快地

称赞别人一番；

寂寞啊，对于利己心感到厌倦了。

048

こころよく
人を讃めてみたくなりにけり
利己の心に倦めるさびしさ

049 天下了雨，
我家人的脸色都阴沉沉的，
雨还是晴了才好。

049
雨降れば
わが家の人誰も誰も沈める顔す
雨霽れよかし

050 ………………………………

……………………………………………………………………

……………………………………………………

051 这些日子里，

胸中有隐藏着的悔恨，——

不叫人家笑我。

051

この日頃

ひそかに胸にやどりたる悔あり

われを笑はしめざり

052 听见谄媚的话，
就生气的我的心情，
因为太了解自己而悲哀啊。

053 把人家敲门叫醒了，
自己却逃了来，多好玩呀，
过去的事情真可怀恋呀。

054 举止装作非凡的人，
这以后的寂寞，
什么可以相比呢。

055 他那高大的身子
真是可憎呀，
到他面前说什么话的时候。

056 **把我看作不中用的**
歌人的人，
我向他借了钱。

057 远远地听见笛子的声音，
大概因为低着头的缘故吧，
我流下泪来了。

058 说那样也好，这样也好的
那种人多快活，
我很想学到他的样子。

059 ………………………………
……………………………………………………………
………………………………………………

060 路旁的狗打了个长长的呵欠，
我也学它的样，
因为羡慕的缘故。

061 认真地拿竹子打狗的
小孩的脸，
我觉得是好的。

062 发电机的
沉重的呻吟，多么痛快呀，
啊啊，我想那样的说话！

063 好诙谐的友人死后
面上的青色的疲劳，
至今还在目前。

064 给性情易变的人做事，
深深地觉得
这世间讨厌了。

065 像龙似的在天空上跃出，
随即消灭了的烟，
看起了没有餍足。

064
気の変る人に仕へて
つくづくと
わが世がいやになりにけるかな

065
龍のごとくむなしき空に躍り出でて
消えゆく煙
見れば飽かなく

066　愉快的疲劳呀，
连气也不透，
干完工作后的疲劳。

067　假装睡着，勉强打呵欠，
为什么这样做呢?
因为不愿让人家觉察自己的心事。

068　停住了筷子,忽然地想到,
于今渐渐地
也看惯了世间的习气了。

069　早晨读到了
已过了婚期的妹妹的
像是情书似的信。

070 我感到一种湿漉漉的
像是吸了水的海绵似的
沉重的心情。

071 ……………………………………
……………………………………………
……………………………………………………………

070
しっとりと
水を吸ひたる海綿の
重さに似たる心地おぼゆる

072 人家在说话，

只见他那野兽似的脸，

一张一闭的嘴。

073 父母和儿子，

怀着不同的心思，静静对着，

多么不愉快的事呀。

074 ……………………………

……………………………………………………………………

……………………………………………………

075 眼前的点心碟子什么的，
想要嘎嘎地咬碎它，
真是焦躁呀。

076 ……………………………………
……………………………
……………………………

077 无端地想要
在草原上面跑一跑，
直到喘不过气来。

078 穿上新洋服什么的，
旅行去吧，
今年也这么想过。

079 故意地灭了灯火，
睁着眼想着，
那是极平常的事情。

080 在浅草凌云阁的顶上，
抱着胳膊的那天，
写下了长长的日记。

081 ……………………………………………

……………………………………

……………………………………

082 嘁嘁嚓嚓的说话声逐渐高起来，

手枪响了，

人生终局了。

083 有时候

想要像小孩似的闹着玩，

不是恋爱着的人该做的事吧。

084　一出了家门，
日光温暖地照着，
深深地吸了一口气。

085　疲倦的牛的口涎，
滴滴嗒嗒的
千万年也流不尽似的。

086　在路旁铺石上边，
有个男子抱着胳膊，
仰脸看着天。

087　我看着那群人，
不知怎地带着不安的目光
抡着铁镐。

088　今天从我心里逃出去了，
像有病的野兽似的
不平的心情逃出去了。

088
心より今日は逃げ去れり
病ある獣のごとき
不平逃げ去れり

089 宽大的心情到来了，
走路的时候
似乎肚子里也长了力气。

090 只因为想要独自哭泣，
到这里来睡了，
旅馆的被褥多舒服呀。

091 朋友啊，别讨厌，
乞食者的下贱，
饿的时候，我也是这般。

092 新墨水的气味，
打开塞子时，
沁到饥饿的肚子里去的悲哀。

093 悲哀的是，

忍住了嗓子的干燥，

蜷缩在寒夜的被窝里的时候。

093

かなしきは

喉のかわきをこらへつつ

夜寒の夜具にちぢこまる時

094 ....

....

....

095 跟我相像的两个朋友，

一个是死了，

一个出了监牢，至今还病着。

095

我に似し友の二人よ

一人は死に

一人は牢を出でて今病む

096　有着丰富的才能，

却为妻子的缘故而烦恼的友人，

我为他而悲哀。

096

あまりある才を抱きて

妻のため

おもひわづらふ友をかなしむ

097 吐露了心怀，

仿佛觉得吃了亏似的，

和朋友告别了。

097

打明けて語りて

何か損をせしごとく思ひて

友とわかれぬ

098 ……………………………………

……………………………………………………………………

……………………………………

099 只不过有着平凡的才能，
我的友人的深深的不平，
也着实可怜啊。

100 谁看去都是一无可取的男子来了，
他摆了一通架子又回去：
有像这样可悲的事么？

101 不管怎样劳动，
不管怎样劳动，我的生活还是不能安乐：
我定睛看着自己的手。

102 将来的事好像样样都看得见，
这个悲哀啊，
可是拂拭不掉。

103 正如有一天
急于想喝酒，
今天我也急于想要钱。

104 喜欢玩弄水晶球，
我这颗心
究竟是什么心啊。

105 没有什么事，
而且愉快地长胖着，
我这个时期多不满足啊。

106 想要一个
很大的水晶球，
好对着它想心事。

107 对自夸的友人
随口应答者，
心里好像给予一种施舍。

108 一天早晨从悲哀的梦里醒来时，
鼻子里闻到了
煮酱汤的香气！

109 空地里笃笃的琢石头的声音，
在耳朵里响，
直到走进家里。

110 多么可悲呀，

仿佛头里边有个山崖，

每天有泥土在坍塌。

111 就像远方有电话铃响着一样，

今天也觉耳鸣，

悲哀的一天呀。

110

何がなしに

頭のなかに崖ありて

日毎に土のくづるるごとし

111

遠方に電話の鈴の鳴るごとく

今日も耳鳴る

かなしき日かな

112 有泥垢的夹衣的领子啊，
悲哀的是
带着故乡的炒核桃的气味。

113 ……………………………………
……………………………
……………………………

114 目送着一队兵走过去，
我感到悲哀了，
看他们是多么没有忧虑啊。

115 这一天同胞的脸
显得卑鄙不堪，
就躲在家里吧。

116 下一次的休息日就睡一天看吧，
这样想着，打发走了
三年来的时光。

117 有时候觉得我的心
像是刚烤好的
面包一样。

116
この次の休日に一日寝てみむと
思ひすごしぬ
三年このかた

117
或る時のわれのこころを
焼きたての
麺麭に似たりと思ひけるかな

118 嘀嗒嘀嗒的
落下的雨点，
在我疼痛的头里震着的悲哀呀。

119 有一天，
把屋里的纸门重新裱糊了一遍，
因此这一天就心平气和了。

120 心想这样是不行的，
站了起来，
听见门外有马嘶声。

121 茫然地站在廊子里，
粗暴地推那门，
立刻就开了。

122 定睛看着
吸了黑的和红的墨水
变得干硬的海绵。

123 那天晚上我想写一封，
谁看见了都会
怀念我的长信。

124　有没有那一种药？
淡绿色的，
喝了会使身体像水似的透明的药？

125　平常盯着洋灯觉得厌倦了，
三天的工夫
和蜡烛的火亲近。

126　有一天我觉得
人类不用的语言，
只有我一个人知道似的。

127 寻求新的心情，
今天又彷徨着来到
名字也不知道的街上。

128 友人似乎都显得比我伟大的一天，
我买了花来，
和妻子一同欣赏。

129 我在这里
干什么呢?
有时像这样吃了一惊，望着室内。

130 有人在电车里吐唾沫；
连这个
也使我心痛。

131 想要找个游玩到天亮，混过时光的地方；
想到家里，
心里凉了。

132 ……………………………………
……………………………………
……………………………………

133 想显示什么不可思议的事，
人家都在吃惊的时候，
自己就消逝掉。

134 人人的心里边，
都有一个囚徒
在呻吟着，多么悲哀呀。

134
人といふ人のこころに
一人づつ囚人がゐて
うめくかなしさ

135　挨了骂，
哇的一声就哭出来的儿童的心情；
我也想要有那种心情。

136　连偷窃这事我也不觉得是坏的。
心情很悲哀，
可以躲避的地方也没有。

137　怯弱的男子
有一天感觉到了
像解放的女人似的悲哀。

138　院子里的石头上，
铛的把手表扔去，
从前的我发怒的样子很可怀念。

139 涨红了脸生了气，
到了第二天
又没什么了，使我觉得寂寞。

139
顔あかめ怒りしことが
あくる日は
さほどにもなきをさびしがるかな

140 焦急的心啊，你悲哀了，

来吧来吧，

且稍微打点呵欠什么的吧。

140

いらだてる心よ汝はかなしかり

いざいざ

すこし呿呻などせむ

141 有个女人，
挖空心思想不违背我的嘱咐，
看着时也是可悲啊！

141
女あり
わがいひつけに背かじと心を砕く
見ればかなしも

142 我在秋天的雨夜曾经骂过
我们日本的没志气的
女人们。

142
ふがひなき
わが日の本の女等を
秋雨の夜にののしりしかな

143 生为男子，又同男子交际，

总是吃亏，

为这个缘故吧，秋天像是沁进了身体。

143

男とうまれ男と交り

負けてをり

かるがゆゑにや秋が身に沁む

144 **我所抱的一切思想**
仿佛都是没有钱而引起的；
秋风吹起来了。

145 写了无聊的小说觉得高兴的
那个男子多可怜啊，
初秋的风。

146 秋风来了，
从今天起我不想再和那肥胖的人
开口说话了。

147 今天有了这样一种心情：
好像在笔直的
看不到头的街上走路。

148 不想忘记那
什么事也不惦念，
匆匆忙忙度过的一天。

149 笑着说什么事都是钱，钱，
过了一会儿
忽然又起了不平的念头。

150 ……………………………………………

……………………………………

………………………………

151 我做了个梦：

桂首相“呀”的一声握住了我的手，

醒来正是秋天夜里的两点钟。

烟

说是悲哀也可以说吧，事物的味道，我尝得太早了。

—

比人先知道了恋爱的甜味，
也比人先老了。

152 生了病似的

思乡之情涌上来的一天，

看着蓝天上的烟也觉得可悲。

152

病のごと
思郷のこころ湧く日なり
目にあをぞらの煙かなしも

153　轻轻地叫了自己的名字，
落下泪来的
那十四岁的春天，没法再回去呀。

153
己が名をほのかに呼びて
涙せし
十四の春にかへる術なし

154 在蓝天里消逝的烟，

寂寞的消逝的烟呀，

与我有点儿相像吧。

154

青空に消えゆく煙

さびしくも消えゆく煙

われにし似るか

155 那回旅行的火车里的服务员，
不料竟是
我在中学时的友人。

155
かの旅の汽車の車掌が
ゆくりなくも
我が中学の友なりしかな

156 暂时怀着少年的心情，
看着水从唧筒里冲出来，
冲得多愉快啊。

156

ほとばしる喞筒の水の
心地よさよ
しばしは若きこころもて見る

157 师友都不知道而谴责了，
像谜似的
我的学业荒废的原因。

158 从教室的窗户里逃出去，
只是一个人，
到城址里去睡觉。

159 在不来方的城址的草上躺着，
给空中吸去了的
十五岁的心。

160 说是悲哀也可以说吧，
事物的味道，
我尝得太早了。

161 仰脸看着晴空，
总想吹口哨，
就吹着玩了。

162 夜里睡着也吹口哨，
口哨乃是
十五岁的我的歌。

163 有个喜欢申斥人的老师，
因为胡须相像，外号叫“山羊”，
我曾学他说话的样子。

164 同我在一起，
对小鸟扔石子玩的
还有退伍的大尉的儿子。

165 在城址的
石头上坐着，
独自尝着树上的禁果。

166 后来舍弃了我的友人，
那时候也在一起读书，
一起玩耍。

167 学校图书馆后边的秋草，
开了黄花，
至今不知道它的名字。

168 花儿一谢，
就比人家先换上白衣服
出门去了的我呀。

169 现在已去世的姐姐的爱人的兄弟，
曾跟我很要好，
想起来觉得悲哀。

170 也有个年轻的英语教师，
暑假完了，
就那么不回来了。

169
今は亡き姉の恋人のおとうとと
なかよくせしを
かなしと思ふ

170
夏休み果ててそのまま
かへり来ぬ
若き英語の教師もありき

171 想起罢课的事情来，
现今已不那么兴奋了，
悄悄地觉得寂寞。

172 盛冈中学校的
露台的栏杆啊，
再让我去倚一回吧。

173 把主张说有神的朋友，
给说服了，
在那路旁的栗树底下。

174 内丸大街的樱树叶子
被西风刮散，
我悉悉索索地踏着玩。

175 那时候爱读的书啊，

如今大部分

并不流行了。

176 像一块石头，

顺着坡滚下来似的，

我到达了今天的日子。

175

そのかみの愛読の書よ

大方は

今は流行らずなりにけるかな

176

石ひとつ

坂をくだるがごとくにも

我けふの日に到り着きたる

177 含着忧愁的少年的眼睛，
羡慕小鸟的飞翔，
羡慕它且飞翔且唱歌。

178 解剖了的
蚯蚓的生命可悲伤呀，
在那校庭的木栅底下。

179 我眼睛里燃着对知识的无限欲求，
使姐姐担忧，
以为我是恋爱着什么人。

180 把苏蜂的书劝我看的友人，
早已退学了，
为了贫穷的关系。

181 我一个人老是笑
那博学的老师，
笑他那滑稽的手势。

182 一个老师告诉我，
曾有人恃着自己有才能，
耽误了前程。

183 当年学校里的头一号懒人，
现在认真地
在劳动着。

184 乡下佬般的旅行装束，
在京城里暴露了三天，
随后回去了的友人啊。

185 在茨岛的栽着松树的街道上，
和我并走的少女啊，
恃着自己的才能。

186 生了眼病，戴上黑眼镜的时候，
在那个时候
学会了独自哭泣。

187 **我的心情，**
今天也悄悄地要哭泣了，
友人都走着各自的道路。

188 比人先知道了恋爱的甜味，
知道了悲哀的我，
也比人先老了。

189 兴致来了，
友人垂泪挥着手，
像醉汉似的说着话。

190 分开人群进来的
我的友人拿着
同从前一样的粗手杖。

191 写好看的贺年信来的人，
和他疏远，
已有三年的光景。

192 梦醒了，忽然地感到悲哀，
我的睡眠
不再像从前那样安稳了。

193 从前以才华出名的

我的友人现在在牢里；

刮起了秋风。

193

そのむかし秀才の名の高かりし

友牢にあり

秋のかぜ吹く

194 有着近视眼，
做出诙谐的歌的
茂雄的恋爱也是可悲呀。

195 我妻的从前的愿望
原是在音乐上，
现在却不再歌唱。

196 友人有一天都散到四方去了，
已经过了八年，
没有成名的人。

197 我的恋爱
初次对友人公开了的那夜的事，
有一天回想起来。

198　像断了线的风筝似的，
少年时代的心情
轻飘飘地飞去了。

198
糸きれし紙鳶のごとくに
若き日の心かろくも
とびさりしかな

二

到了今晨，
忽然怀念起故乡的山来了。

199　故乡的口音可怀念啊，
到车站的人群中去，
为的是听那口音。

199
ふるさとの訛なつかし
停車場の人ごみの中に
そを聴きにゆく

200　像有病的野兽似的，
我的心情啊，
听了故乡的事情就安静了。

200
やまひある獣のごとき
わがこころ
ふるさとのこと聞けばおとなし

201 忽然想到了，

在故乡时每天听见的麻雀叫声，

有三年没听到了。

201

ふと思ふ

ふるさとにゐて日毎聴きし雀の鳴くを

三年聴かざり

202 去世的老师
从前给我的
地理书，取出来看着。

202
亡くなれる師がその昔
たまひたる
地理の本など取りいでて見る

203 从前的时候

我扔到小学校的板屋顶上的球，

怎样了呢？

204 扔在故乡的

路旁的石头啊，

今年也被野草埋了吧。

205 分离着觉得妹妹很可爱啊，
从前是个哭嚷着
想要红带子的木屐的孩子。

206 两天前看见了高山的画，
到了今晨
忽然怀念起故乡的山来了。

207 听着卖糖的唢呐，
似乎拾着了
早已失掉了的稚气的心。

208 这一阵子
母亲也时时说起故乡的事，
已进入了秋天。

209 没有什么目的，
说起乡里的什么事情，
秋夜烤年糕的香味。

210 涩民村多么可怀恋啊，
回想里的山，
回想里的河。

211 卖光了田地来喝酒，
灭亡下去的故乡的人们，
有一天，使我很关心。

212 哎呀，再过不久，
我所教过的孩子们，
也将舍弃故乡而出去吧。

213 和从故乡出来的
孩子们相会，
没有能胜过这种喜悦的悲哀。

214 像用石头追击着似的，
走出故乡的悲哀，
永远不会消失。

215　杨柳柔软地发绿了。
看见了北上川的岸边，
像是叫人哭似的。

216　故乡的村医的妻子的
用朴素的梳子卷着的头发
也是很可怀念。

215
やはらかに柳あをめる
北上の岸辺目に見ゆ
泣けとごとくに

216
ふるさとの
村医の妻のつつましき櫛巻なども
なつかしきかな

217 ……………………………………………

……………………………………

……………………………………

218 在小学校和我争第一名的
同学所经营的
小客店啊。

219 千代治他们也长大了，
恋爱了，生了孩子吧，
正如我在外乡所做的那样。

220 我记起了那个女人：
有一年盂兰会的时候，
她说借给你衣服，来跳舞吧。

221 有着痴呆的哥哥
和残废的父亲的三太多悲哀啊，
夜里还读着书。

222 同我一起曾骑了
栗色的小马驹的，
那没有母亲的孩子的盗癖啊。

221

うすのろの兄と
不具の父もてる三太はかなし
夜も書読む

222

我と共に
栗毛の仔馬走らせし
母の無き子の盗癖かな

223 外褂的大花样的红花
现今犹如在眼前，
六岁时候的恋爱。

224 连名字都差不多要忘记了的时候，
飘然地忽而来到故乡
老是咳嗽的男子。

225 木匠的左性子的儿子等人
也可悲啊，
出去打仗不曾活着回来。

226 那个恶霸地主的
生了肺病的长子，
娶媳妇的日子打了春雷。

227 萝卜花开得很白的晚上，
对着宗次郎，
阿兼又在哭着诉说了。

228 村公所的胆小的书记，
传说是发疯了，
故乡的秋天。

229

230 我走去执着他的手，
哭着就安静下去了，
那喝醉酒胡闹的从前的友人。

231 有个喝了酒
就拔了刀追赶老婆的教师，
被赶出村去了。

232 每年生肺病的人增加了，
村里迎来了
年轻的医生。

233 想去捕萤火虫，
我要往河边去，
却有人劝我往山路去。

234 因了京城里的雨，
想起雨来了，
那落在马铃薯的紫花上面的雨。

235 哎呀，我的乡愁，
像金子似的
清净无间地照在心上。

236 没有一同玩耍的朋友的，
警察的坏脾气的孩子们
也是可悲啊。

237 布谷鸟叫的时候，
说是就发作的
友人的毛病不知怎么样了。

238 我所想的事情
大概是不错的了，
故乡的消息到来的早晨。

239 今天听说

那个运气不好的鳏夫

专心在搞不纯洁的恋爱。

239

今日聞けば

かの幸うすきやもめ人

きたなき恋に身を入るるてふ

240 有人在唱赞美歌，
为的是让我
镇定烦恼的心灵。

241 哎呀，那个有男子气概的灵魂啊，
现今在哪里，
想着什么呀？

242 在朦胧的月夜，
把我院子里的白杜鹃花，
折了去的事情不可忘记啊。

243 头一次到我们村里，
传耶稣基督之道的
年轻的女人。

244 雾深的好摩原野的车站，

早晨的

虫声想必很凌乱吧。

244

霧ふかき好摩の原の

停車場の

朝の虫こそすずろなりけれ

245　列车的窗里，

远远见到北边故乡的山

不觉正襟相对。

245

汽車の窓

はるかに北にふるさとの山見え来れば

襟を正すも

246 踏着故乡的泥土，
我的脚不知怎地轻了，
我的心却沉重了。

246

ふるさとの土をわが踏めば
何がなしに足軽くなり
心重れり

247　进了故乡先自伤心了，
道路变宽了，
桥也新了。

247
ふるさとに入りて先づ心傷むかな
道広くなり
橋もあたらし

248　不曾见过的女教师，
站在我们从前念过书的
学校的窗口。

248
見もしらぬ女教師が
そのかみの
わが学舎の窓に立てるかな

249　就在那个人家的那个窗下，
春天的夜里，
我和秀子同听过蛙声。

250　那时候神童的名称
好悲哀呀，
来到故乡哭泣，正是为了那事。

251 故乡的到车站去的路上，
在那河旁的
胡桃树下拾过小石子。

251
ふるさとの停車場路の
川ばたの
胡桃の下に小石拾へり

252　对着故乡的山，

没有什么话说，

故乡的山是可感谢的。

252

ふるさとの山に向ひて
言ふことなし
ふるさとの山はありがたきかな

秋风送爽

皎然与白玉比白的少年，说是秋天到了，就有所忧思了。

253 遥望故乡的天空，
独自升上高高的房屋，
又忧愁地下来了。

253
ふるさとの空遠みかも
高き屋にひとりのぼりて
愁ひて下る

254 皎然与白玉比白的少年，
说是秋天到了，
就有所忧思了。

255 悲哀的要算秋风了吧，
以前偶然才涌出的眼泪，
现在却时常流下了。

256 绿色透明的
悲哀的玉当作枕头，
通夜的听松树的声响。

257 森严的七山的杉树，
像火似的染着落日，
多么安静啊。

258 读了就知道忧愁的书
给焚烧了的
古时的人真是痛快呀。

259 一切都虚无似的
把悲哀聚集在一起的
暗下来的天气。

258
そを読めば
愁ひ知るといふ書焚ける
いにしへ人の心よろしも

259
ものなべてうらはかなげに
暮れゆきぬ
とりあつめたる悲しみの日は

260 在水洼子里浮着，
暗下来的天空和红色的带子，
秋天的雨后。

261 秋天来了，
像用水洗过似的，
所想的事情都变清新了。

262 忧愁着走来，
爬上小山，
有不知名的鸟在啄荆棘的种子。

263 秋天的十字路口，
吹向四条路的那三条的风，
看不见它的踪迹。

264 能够比谁都先听到秋声，
有这种特性的人
也是可悲吧。

265 虽然是看惯的山，
秋天来了，
也恭敬地看，有神住在那里吧。

264
秋の声まづいち早く耳に入る
かかる性持つ
かなしむべかり

265
目になれし山にはあれど
秋来れば
神や住まむとかしこみて見る

266 在世上我可做的事情已做完了，
漫长的日子，
唉唉，为什么这样的忧思呢？

267 哗啦哗啦的雨落下来了，
看到庭院渐渐地湿了，
忘记了眼泪。

268 在故乡寺院的廊下，
梦见了
蝴蝶踏在小梳子上。

269 试想变成
孩提时代的我，
同人家说说话看。

270 秋风吹起来的时候，

黍叶吧嗒吧嗒地响，

故乡的檐端很可怀念啊。

271 我们肩头相摩的时候，

所看见的那一点，

把它记在日记里了。

270

はたはたと黍の葉鳴れる

ふるさとの軒端なつかし

秋風吹けば

271

摩れあへる肩のひまより

はつかにも見きといふさへ

日記に残れり

272 古今的风流男子，
夜里枕着春雪似的玉手，
但是老了吧。

273 想暂时忘记了也罢，
像铺地的石头
给春天的草埋没了一样。

274 从前睡在摇篮里，
梦见许多次的人，
最可怀念啊。

275 想起十月小阳春的
岩手山的初雪，
逼近眉睫的早晨的光景。

276 旱天的雨哗啦哗啦地下了，
庭前的胡枝子
稍微有点凌乱了。

277 秋日的天空寥廓，没有片影，
觉得太寂寞了，
有乌鸦什么的飞翔也好。

278 雨后的月亮，
湿透了的屋顶的瓦，
处处有光，也显得悲哀啊。

279 我挨饿的一天，
摇着细尾巴，
饿着看我的狗的脸相。

280 不知什么时候，
忘记了哭的我，
没有人能使得我哭么？

281 唉，酒的悲哀
涌到我身上，
站起来舞一会儿吧。

282 蟋蟀叫了，
蹲在旁边的石头上，
且哭且笑地独自说话。

283 自从生了病没有了力气，
稍微张着嘴睡，
就成为习惯了。

284 把只不过得到一个人的事，
作为大愿，
这是少年时候的错误。

285 有所怨恨时
她柔和地抬着眼睛看人，
我要是说她可爱，岂不更是无情了么。

286 这样的热泪，
在初恋的日子也曾有过，
以后就没有哭的日子了。

287 像是会见了
长久忘记了的朋友似的，
高兴地听流水的声音。

288 秋天的夜里
在钢铁色的天空上，
心想有个喷火的山该多好。

289 岩手山的秋天
山麓的三面原野里
满是虫声，到哪边去听呢？

290 对没有家的孩子，
秋天像父亲一样严肃，
秋天像母亲一样可亲。

291 秋天来了，
恋爱的心没有闲暇啊，
夜里睡着也听着许多雁在叫。

292 九月也已经过了一半，
像这样幼稚的不说明，
要到几时为止呢？

293 不说相思的话的人，
送了来的
勿忘草的意思很清楚。

294 像秋雨时候容易弯的弓似的，
这一阵子，
你不大亲近我了。

294
秋の雨に逆反りやすき弓のごと
このごろ
君のしたしまぬかな

295 松树的风声昼夜的响，
传进没有人访问的山涧祠庙的
石马的耳里。

296 朽木的微微的香气，
夹杂着菌类的香气，
渐渐地到了深秋。

297 发出下秋雨般的声音，
森林里的很像人的猴子们，
从树上爬了过去。

298 森林里头，
远远地有声响，像是来到了
在树洞里碾磨的侏儒的国。

299 世界一起头，

先有树林，

半神的人在里边守着火吧？

299

世のはじめ

まづ森ありて

半神の人そが中に火や守りけむ

300　没有边际的砂接连着，
在戈壁之野住着的神，
是秋天之神吧。

301　天地之间只有
我的悲哀和月光
还有笼罩一切的秋夜。

302　彷徨行走，像是拣拾着
悲哀的夜里
漏出来的东西的声音。

303　羁旅的孩子
来到故乡睡的时候，
冬天确实静静地来了。

难忘记的人们

以寂寞为敌为友，也有人在雪地里，度过了漫长的一生。

一

我曾写过，
初雪的记事。

304　海水微香的北方的海边的，

砂山的海边蔷薇啊，

今年也还开着么？

304

潮かをる北の浜辺の
砂山のかの浜薔薇よ
今年も咲けるや

305 恃着还年轻，
数数自己的岁数，凝视着指头，
旅行也厌倦了。

306 约莫三回，
从列车窗里望过的街道的名字，
也觉得亲近了。

307 函馆的剃头铺的徒弟，
也回想起来了，
叫他剃耳朵很是舒服呀。

308 跟着我来到这里，
没有一个相识的人，
住在穷乡僻壤的母妻。

309 想起津轻的海来，

妹妹的眼光如在目前，

因了晕船变得柔和了。

310 闭了眼睛，

念起伤心的诗句来的

那友人来信的诙谐，煞是可悲啊。

309

船に酔ひてやさしくなれる

いもうとの眼見ゆ

津軽の海を思へば

310

目を閉ぢて

傷心の句を誦してゐし

友の手紙のおどけ悲しも

311 幼小的时候
在桥栏上涂粪的事情，
友人也感伤地说了。

312 恐怕一生也不要娶妻吧，
笑着说话的友人啊，
至今不曾娶呢。

313 唉唉，那眼镜的
框儿在寂寞地发光的
女教师啊。

314 友人给我饭吃了，
却辜负了那个友人；
我的性格多可悲呀。

315 函馆的青柳町煞是可悲哀啊，

友人的恋歌，

鬼灯擎的花。

316 怀念故乡的

麦的香气，

女人的眉毛把人心颠倒了。

315

函館の青柳町こそかなしけれ

友の恋歌

矢ぐるまの花

316

ふるさとの

麦のかをりを懐かしむ

女の眉にこころひかれき

317 闻着新的洋书的
纸的香味，
一心地想要得钱的时候。

318 白浪冲来喧嚣着的
函馆的大森滨，
在那里想过多少事情。

319 每天清晨
都唱出中国的俗歌来的闹钟，
我喜爱它，也是可悲啊。

320 叙述漂泊的忧愁
没有写成功的草稿，
字迹多么难读啊。

321 好几回想要死了，
终于没有死，
我过去又可笑又可悲。

322 函馆的卧牛山的山腹的
石碑上的汉诗，
有一半已经忘记。

323 喃喃地
口中说着什么高贵的事情，
也有这样的乞丐。

324 请你把我看作一个不足取的男子吧，
仿佛这样说着就入山去了，
像神似的友人。

325 口里衔着雪茄烟，
在波浪汹涌的
海边夜雾中立着的女人。

326 趁陆军演习的闲暇，
特地坐了火车
来访的友人，和他共饮的酒啊。

327 每逢看见大川的水面，
郁雨啊，
我就想到你的烦恼。

328 空有着智慧
和深深的慈悲，
友人却无事可做地闲游着。

329 不得志的人们
聚集了来饮酒的地方
那是我的家里。

330 觉得悲哀就高声地笑，
喝酒来解闷的
比我年长的友人。

331 友人年纪很轻，
就已经是几个孩子的父亲了，
酒醉了就唱起歌来，像没有孩子的人一样。

332 像没有什么事似的笑声，
同酒一起，
仿佛沁进了我的心肠。

333 咬住了呵欠，
在夜车窗前告别，
那离别如今觉得不满意。

334 在雨湿的夜车的窗里
映照出来的
山间市镇的灯光的颜色。

335 下大雨的夜里的火车，
不住的有水点儿流下来的
窗玻璃啊。

336 半夜里
在俱知安站下车去的
女人的鬓边的旧伤痕。

337 那个秋天我带到
札幌去的，
至今还带着的悲哀啊。

338 日记上记着：
秋风刮着街旁的洋槐，
刮着白杨，煞是可悲啊。

339 沉沉的秋夜，

在广阔的街道上

有烧老玉米的香气。

339

しんとして幅広き街の

秋の夜の

玉蜀黍の焼くるにほひよ

340 在我住的地方，姐妹在争论，
初夜已过的
札幌的雨后。

341 石狩的叫作美国的车站上，
在栅栏上晾着的
红布片啊。

342 可悲的是小樽的市镇啊，
没有唱过歌的人们，
声音多粗糙啊。

343 还有看相的人，
像哭着似的摇着头说：
“伸出手来给我看看。”

344　借到少许的钱走去了的
我的友人的
后影的肩上的雪。

344
いささかの銭借りてゆきし
わが友の
後姿の肩の雪かな

345 不会处世，
我不是私下里
以此为荣么？

346 曾经有人对我说过：
“你那精瘦的身子
全是反叛精神的凝结。”

347 那年的那个新闻上
我曾写过
初雪的记事。

348 拿椅子要打我，
摆出架势的那个友人的酒醉，
现在也已醒了吧。

349 如今想来，

输的是我，

引起争吵的也是我。

349

負けたるも我にてありき

あらそひの因も我なりしと

今は思へり

350 他说：“我打你！”
我说：“打吧！”就凑上前去，
从前的我也很可爱啊 。

351 他在告别辞里说：
“你曾经三次，
把剑比在我的喉咙上。”

352 争吵了一场，
痛恨而别的友人，
我觉得他可怀恋的日子也到来了。

353 唉唉，那个眉目秀丽的少年啊，
我叫他作兄弟，
他微微地笑了。

354 有个友人叫我的妻子替他缝衣服，

冬天来得早的

移民地啊。

355 用了手掌，

拭那风雪所湿的脸，

友人是以共产为主义的。

354

わが妻に着物縫はせし友ありし

冬早く来る

植民地かな

355

平手もて

吹雪にぬれし顔を拭く

友共産を主義とせりけり

356 饮酒的时候，鬼似的铁青的
那张大脸啊，
那悲哀的脸啊。

357 要到桦太去，
创立新的宗教，
友人这么说了。

358 太平无事，
所以厌倦了，
这时期真可悲哀呀。

359 共同开药铺，
预备赚钱的友人，
后来说是骗了人。

360 苍白的颊上流着眼泪
谈到自己的死的
年轻的商人。

361 背着孩子，
在风雪交加的车站
送我走的妻子的眉毛啊。

360
あをじろき頬に涙を光らせて
死をば語りき
若き商人

361
子を負ひて
雪の吹き入る停車場に
われ見送りし妻の眉かな

362 临别的时候，
我和当初当作敌人憎恨过的友人，
握了半天手。

363 从出发的列车窗口，
我首先伸进了头，
为的是不肯服输。

364 下着雨雪，
在石狩原野的火车里
读着屠格涅夫的小说。

365 想着自己走后一定会有谣言，
这样旅行真是可悲啊，
有如去就死一般。

366 离别了，偶然一眏眼
无缘无故地，
觉得冰冷的东西沿着面颊流下来了。

367 想起忘记带来的烟草，
雪野里的火车不管怎么走，
离山还远着呢。

366

わかれ来てふと瞬けば
ゆくりなく
つめたきものの頬をつたへり

367

忘れ来し煙草を思ふ
ゆけどゆけど
山なほ遠き雪の野の汽車

368　在雪上流动的淡红色的
落日的影子，
照在旷野的火车的窗上。

369　忍受着些许的腹痛，
在长途的火车里
吸着烟草。

370　同车的炮兵军官的
佩剑的鞘子嘎喳一响，
把思路打断了。

371 只知道名字，没有什么因缘的
这个地方的客店很是便宜，
像自己的家一样。

372 同伴的那个国会议员的
张着口，青白的睡脸，
看去很是可悲啊。

373 心想今夜就尽量地哭吧，
住了下来的旅店里，
茶是微温的。

374 **水蒸气**

在火车窗上结成了像花一样的冰，

晓光把它染上了颜色。

375 寒风轰然吼叫着刮过之后，

干燥的雪片飞舞起来，

包围了树林。

376 空知川埋在雪里，

鸟也不见，

岸边的树林里只有一个人。

377 以寂寞为敌为友，
也有人在雪地里，
度过了漫长的一生。

378 坐了火车很疲倦了，
还是断断续续地想，
这也是我的可爱的地方吧。

379 像唱歌似的叫那站名的，
年轻的站务员的
柔和的眼光还不能忘记。

380 雪的中间，
处处现出屋顶，
烟囱的烟淡淡地浮在半空。

381 从远的地方
汽笛长长地响着，
火车就要进入森林了。

382 并不想念什么事情，
整整一天，
专心听那火车的声响。

383 在最末的一站下来，
趁着雪光，
步入冷静的市镇。

384 皎皎的冰发着光，
鹬鸟叫了，
钏路的海上冬天的月亮。

385 在灯光底下，
把冻了的墨水瓶用火烘着，
眼泪流下来了。

386 只有面貌和声音，
还和从前一样的友人，
我在这国的边境上也会见了他。

387 唉唉，在这国的边境，
我喝着酒，
像啜了悲哀的渣滓似的。

388 饮酒时，悲哀就一下子涌上来，
睡觉没做梦，
心里也觉得愉快。

389 突然地女人的笑声
直沁到身子里去，
厨房的酒也冻了的半夜里。

390 有痛心于我的醉酒
不肯唱歌的女人，
如今怎么样了？

390
わが酔ひに心いためて
うたはざる女ありしが
いかになれるや

391 叫作小奴的女人的
柔软的耳朵什么的
也难以忘怀。

392 紧挨在一起，
站在深夜的雪里，
那女人的右手的温暖啊。

393 ……………………………………
……………………………………………………………
……………………………………………

394 本事和长相
都比她要好的女人，
对她说我的坏话。

395 有人说舞蹈吧，就站起来舞了，

直到因为喝了劣酒

自然地醉倒。

395

舞へといへば立ちて舞ひにき

おのづから

悪酒の酔ひにたふるるまでも

396 等我醉得几乎死了，
对我说种种
悲哀的事情的人。

397 人家问怎么样了，
我在苍白的酒醉初醒的
脸上装出了笑容。

398 可悲哀的是
她那白玉似的手臂上
接吻的痕迹。

399 我醉了低着头时，
想要水喝睁开眼来时，
都是叫的这个名字。

400 像慕着火光的虫一样，

惯于走进那

灯火明亮的家里。

400

火をしたふ虫のごとくに

ともしびの明るき家に

かよひ慣れにき

401 在寒冷中把地板踏得嘎吱嘎吱响，
沿着廊子回来的时候，
不意中的接吻。

402 枕着那膝头，
可是我心里所想的
都是自己的事情。

403 哗啦哗啦的冰的碎块
乘着波浪作响，
我在海岸的月夜里往还。

404 ……………………………………………
………………………………………
…………………………………

405 十年前所作的汉诗，

醉了时就唱着，

在旅行中老了的友人。

406 很想吸那寒冷的空气，

每一呼吸

鼻子就全冻了似的。

405

十年まへに作りしといふ漢詩を

酔へば唱へき

旅に老いし友

406

吸ふごとに

鼻がぴたりと凍りつく

寒き空気を吸ひたくなりぬ

407 波浪也没有，
在二月的海湾上，
低浮着涂作白色的外国船只。

408 三弦的弦断了，
孩子就像失火似的喧闹，
大雪的夜里。

409 雪天的黎明，
阿寒山像神似的
远远地显现出来。

410 说是在家乡
曾经投过河的女人
昨天晚上弹着三弦歌唱。

411 蒲桃色的
旧手册里存留着的
是那回幽会的时间与地点吧。

412 有些回忆
像穿脏的袜子似的
有很不爽快的感觉。

411
葡萄色の
古き手帳にのこりたる
かの会合の時と処かな

412
よごれたる足袋穿く時の
気味わるき思ひに似たる
思出もあり

413 有个女人在我房间里哭了，
有一天回忆起来，
以为是小说里的事。

414 浪淘沙，
我的旅行就像是
颤悠悠的拉长声音唱歌似的。

二

愿在写什么时的你身上看到，
鬓发散垂的可爱。

415 这是什么时候了，

梦中忽然听见觉得高兴，

唉唉，那个声音好久没有听到了。

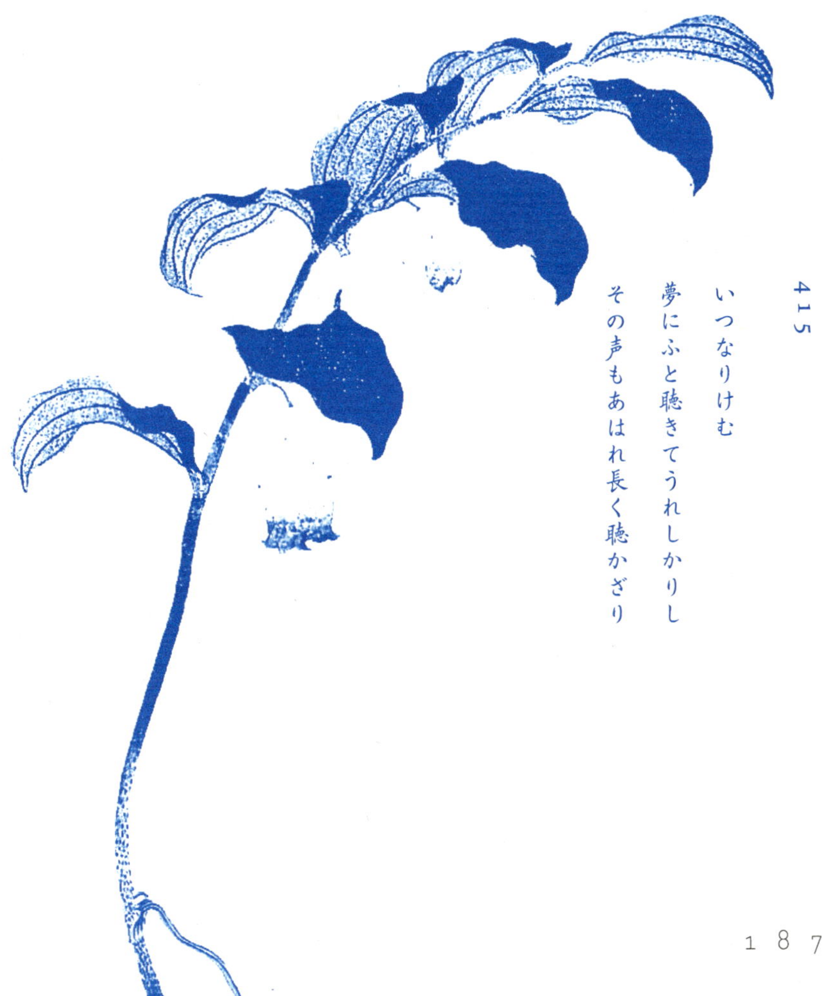

415

いつなりけむ

夢にふと聴きてうれしかりし

その声もあはれ長く聴かざり

416 作为两颊冰冷的
流离的旅人，
我只说了那么几句问路般的话。

417 没有什么事似的说的话，
你也没有什么事似的听了吧，
就只是这点事情。

418 冰冷清洁的大理石上边，
静静地照着春天的太阳，
有着这样的感觉。

419 像专吸收世间的光明似的
黑色的瞳人儿，
至今还在眼前。

420 在那时候来不及说的
重要的话至今还
留在我的胸中。

421 像雪白的洋灯罩的
瑕疵一样，
流离的记忆总难消灭。

422 离去函馆的火烧场的夜晚，

心里的遗憾

至今还遗留着。

423 人家说的

鬓发散垂的可爱，

愿在写什么时的你身上看到。

424 到了马铃薯

开花的时候了，

你也爱好那个花吧。

425 像山里的孩子们
想念山的样子，
悲哀的时候想起你来了。

426 忘记了的时候，
忽然地会有引起回忆的事情，
终于是忘记不了。

427 听说是病了，
也听说好了，
隔着四百里路，我是茫然了。

428 街上见到像你的身姿的时候，
心就跳跃了，
你觉得可悲吧。

429 那个声音再给我听一遍，
胸中就完全明朗了吧，
今晨也这么想。

430 匆忙的生活当中，
时时这样的沉思啊，
这都是为了谁的缘故。

431 愿有知心的友人，

亲密地倾吐一切，

那么你的事情也可以谈了吧。

432 在死以前，愿得再会一回，

若是这样说了，

你也会微微点首的吧。

433 有时候

想起你来，

平安的心忽然地乱了，可悲啊。

434 离别以来年岁加多了，
对于你的思慕之情
却是一年年地增长了。

435 石狩市郊外的
你家里的
苹果花已经落了吧。

436 很长的书信，
三年之内来了三次，
我大概去过四次信吧。

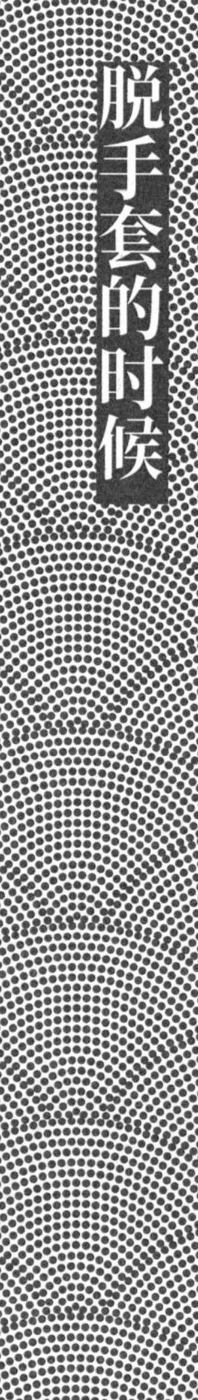
脱手套的时候
说是你要来，很快地起来了，
这一天直惦记着
白衬衫的袖子脏了。

437　脱手套的手忽然停住了，
不知怎地，
回忆掠过了心头。

437
手套を脱ぐ手ふと休む
何やらむ
こころかすめし思ひ出のあり

438 不知道在什么时候，
学会了装假，
胡须也是在那时候留的吧。

439 在早晨的澡堂里，
后颈枕在澡盆的边上，
缓缓呼吸着，想着事情。

440 夏天来了，
含嗽药沁进有病的牙齿，
这早晨多欢喜呀！

441 细细地看着我的手，
回想起来了，
那个很会接吻的女人。

442　寂寞的是

因为眼睛对颜色不熟悉，

就叫人买红色的花。

442

さびしきは

色にしたしまぬ目のゆゑと

赤き花など買はせけるかな

443 买新书来读的夜半，
这个快乐也
是长久的不能忘记。

444 旅行了七天
回来了的时候，
我的窗口的红墨水的痕迹也可亲啊。

445 旧纸堆里发见的
污染了的
吸墨纸也觉得可亲。

446 积在手里的雪的融化，
很是愉快的
沁进了我的睡足了的心。

447 暗淡下去的纸门的日影，

看着这个，

心里也不知不觉地阴暗起来了。

448 夜间飘着

药的香气，

是医生住过的人家。

447

薄れゆく障子の日影

そを見つつ

こころいつしか暗くなりゆく

448

ひやひやと

夜は薬の香のにほふ

医者が住みたるあとの家かな

449 窗户玻璃，
因为尘土和雨水而昏暗了的窗户玻璃，
也有着它的悲哀。

450 六年左右每天每天戴着的
旧帽子呀，
还是弃舍不得。

451 很愉快的
贪着春眠的眼睛，
看去很柔软的庭院的草啊。

452 远远连接的红砖的高墙
显出紫色，
春天的日脚长了。

453 春天的雪

在银座后街的三层砖房上

柔软地落下。

454 在肮脏的砖墙上，

落下了融化，落下了融化的

春天的雪呀。

453

春の雪

銀座の裏の三階の煉瓦造に

やはらかに降る

454

よごれたる煉瓦の壁に

降りて融け降りては融くる

春の雪かな

455 眼睛有病的
年轻女人倚靠着的
窗户，春雨冷清清地打在上面。

456 随处漂浮着
新的木材的香气的
新开路的春天的寂静。

457 春天的街道，
看着写得很清楚的女人名字的
门牌，走了过去。

458 不知道什么地方，
有烧着橘子皮似的气味，
天色已近黄昏了。

459 很热闹的年轻女人的集会的
声音已经听厌，
觉得寂寞起来了。

460 ……………………………………
……………………………………
……………………………………

459

にぎはしき若き女の集会の
こゑ聴き倦みて
さびしくなりたり

461 白兰地醉后的

那种柔和的

悲哀漫然地来了。

462 把白盘子

揩好了落在搁板上的

酒馆角落里的悲哀的女人。

463 干燥的冬天的大路上，

不知在什么地方

潜藏着石炭酸的气味。

464 红红地映着落日，
在河边的酒馆窗口的
雪白的脸庞啊。

465 新鲜的拌生菜碟子上的
醋的香气沁进了心里，
那悲哀的黄昏。

466 从淡蓝色的瓶里
倒出山羊乳的手的颤抖，
觉得挺可爱的。

467 穿衣镜里的
为气息所遮住的
酒醉时昏暗的眼珠的悲哀啊。

468 一时安静下来的
傍晚的厨房里，
剩下的火腿的香味啊。

469 在冷清清的排列着瓶子的搁板前面，
剔着牙齿的女人，
看去是很悲哀的。

470 交换了很长的接吻后分别了，
深夜的街上
远远地失了火。

471 病院的窗口在傍晚
有微白的面庞出现，
我依稀记得那个脸。

472 记不得是什么时候
在大河的游船上跳舞的女人，
也回忆起来了。

473 没有事情的信冗长地写了一半，
忽然觉得冷静了，
走到街上去。

474 吸着潮湿的卷烟，
我所想的事情
大概也都微微地潮湿了。

475 很敏锐地
感着夏天的到来，
嗅着雨后小院的泥土的香味。

476 在装饰得很凉快的
玻璃店前面
眺望的夏夜的月亮。

477 说是你要来，很快地起来了，
这一天直惦记着
白衬衫的袖子脏了。

478 心神不定的我的弟弟
这些日子的
眼光的昏沉也是很可悲啊。

479 什么地方有打桩的声音，
有滚着大桶的声音，
雪下起来了。

480 夜里没有人的办公室里，
电话铃骇人地响了
随后又停了。

481 醒了过来，
过了一会儿进到耳朵来的
半夜以后的说话声音。

482 看着看着表就停了，
好像被吸住了的样子，
心也寂寞起来了。

483　每天早晨

觉得含嗽药水的瓶子冰凉了，

已经是秋天了。

483

朝朝の

うがひの料の水薬の

罎がつめたき秋となりにけり

484　在麦苗青青的斜坡的
山脚下的小路上
拾得了红的小梳子。

485　**斑驳的日影进入了**
后山的杉树林，
秋天的午后。

486　海港的街市，
把呼噜噜鸣叫着兜圈子的鹞鹰
也给压低了的潮雾啊。

487　看着小春日光在毛玻璃上
映出的鸟影，
漫然的有所思了。

488 高高低低的屋檐
好像并排游泳着的样子，
冬天的阳光在上面舞蹈。

488
ひとならび泳げるごとき
家家の高低の軒に
冬の日の舞ふ

489 京桥的泷山町的
新闻社，
点灯的时候好忙呀。

490 从前很容易生气的我的父亲
近日不生气了，
但愿他还是生气吧。

491 早晨的风吹进电车来的
柳树的一片叶子
拿在手里看着。

492 觉得伤心，难以忍受的一天，
无缘无故地想看看海，
来到了海边。

493　平坦的海看厌了，

转过身去，

把眼睛看花了的红带子啊。

493

たひらなる海につかれて

そむけたる

目をかきみだす赤き帯かな

494 今天遇见的街市的女人，
一个个都像是
失了恋回去的样子。

495 坐火车旅行，
野地里的某个停车场的
夏天的草香觉得很可怀念。

496 清早起来，
好容易赶上的初秋旅行的火车的
坚硬的面包啊。

497 在那回旅行的夜车的窗口，
想到了
我的前途的悲哀。

498 忽然看时
某个树林的车站的钟停住了，
雨夜的火车。

499 离别了来了，
灯火暗淡的夜里靠着火车窗，
摆弄那绿色的小苹果。

498
ふと見れば
とある林の停車場の時計とまれり
雨の夜の汽車

499
わかれ来て
燈火小暗き夜の汽車の窓に弄ぶ
青き林檎よ

500 时常来的
这家酒店的悲哀呀，
夕阳红红地射到酒里。

501 像白莲开在沼泽里一样，
悲哀在醉酒的中间
清楚地浮了出来。

502 隔着板壁，
听着年轻女人的哭声，
旅中客栈的秋天的蚊帐啊。

503 取出去年的夹衣来，
很可怀念的香味沁进身子里去，
初秋的早晨。

504　心里着急的左膝的疼痛，
什么时候就好了，
秋风吹了起来。

505　卖来卖去的
只剩下了翻得很脏的德文字典，
夏天到了末尾了。

５０４
気にしたる左の膝の痛みなど
いつか癒りて
秋の風吹く

５０５
売り売りて
手垢きたなきドイツ語の辞書のみ残る
夏の末かな

506　没有缘故的憎恶着的友人
什么时候变得要好了，
秋天渐渐的深了。

507　红纸书面污损了的
国家禁止的书，
从箱底里找出来的这一天。

508　禁止售卖的
书的作者，
秋天早晨在路上相遇了。

509　从今天起，
从我也打算呷酒的这一天起，
秋风吹了起来。

510 大海的角落里

排列着的各个岛上

秋风吹了起来。

511 友人的妻子啊，只有她那湿润的眼睛，

和眼睛底下的黑痣，

老是引人注意。

510

大海の

その片隅につらなれる島島の上に

秋の風吹く

511

うるみたる目と

目の下の黒子のみ

いつも目につく友の妻かな

512 什么时候看见
都在滚着毛线球，
编着袜子的女人。

513 蒲桃色的长椅子上面，
睡着的猫白糊糊的，
秋天的黄昏。

514 细细的
这里那里有虫叫着，
白天走到原野上来读信札。

515 夜间很晚开门来看，
白色的东西在院子里跑，
大概是狗吧。

516 夜里二时的窗户玻璃，
染着淡红色，
没有声音的火灾的颜色。

517 悲哀的恋爱呀，
独自嘟囔着，
在夜半的火盆里添上了炭。

518 将手按在
雪白的灯罩上，
寒夜里的沉思。

519 同水一样
浸着身子的悲哀，
有葱香混杂着的晚上。

520 有时候发笑了
装作猫什么的叫声，
三十岁的友人的独居。

521 像怯弱的斥候似的，

心里惊惶着

在深夜的街道上独自散步。

522 皮肤上全是耳朵似的，

在悄悄睡着的街上的

沉重的靴声。

523 夜间很晚地走进车站，

站一会儿又坐下，

随即走出去了的没有帽子的男人。

524 注意来看时，
潮湿的夜雾降下来了，
长久的在街上彷徨着呀。

525 假如有时请给点烟草吧，
走近前来的流浪的人，
我和他在深夜里谈话。

526 像是从旷野里回来的样子，
回来了的时候
独自在东京的夜里行走着。

527 银行的窗户底下，
铺石的霜上洒着
蓝墨水的痕迹。

528 雪天的原野路上，
看着画眉鸟
在树丛里跳跃着游戏。

529 十月早晨的空气，
有个婴孩
初次知道了呼吸。

530 十月的产科医院，
在潮湿的长廊上
往复的行走呀。

531 有个垂下紫色的袖子，
看着天空的中国人，
公园的午后。

532 来到公园里独自散步，
觉得像是触到了
婴儿的肌肤。

533 好久没来的公园里，
遇见了友人，
紧握着手，快嘴地说话。

534 公园的树木中间
小鸟游戏着，
看着它，暂时休息吧。

535 晴天来到公园里，
一面走着，
知道自己近来衰弱了。

536 筱悬木的叶子落下来触着了我，
以为是记忆里的那个接吻，
吃了一惊。

537 在公园角落里的长板凳上，
见过两次的男子，
近来看不见了。

538 公园的悲哀啊，
自从你出嫁以来，
已经有七个月没有来了。

539 公园的一个树荫底下的
空椅子，将身子靠在上面
心里老是想不通。

539
公園のとある木蔭の捨椅子に
思ひあまりて
身をば寄せたる

540 不能忘记的脸啊，
今天在街上
为捕吏牵走的带着笑的男子。

541 擦了火柴，
从二尺来宽的光里
横飞过去的白色的蛾。

542 闭了眼睛
轻轻地试吹着口哨，
靠着不眠之夜的窗口。

543 我的友人啊，
今天也背着没有母亲的孩子
在那城址彷徨吧。

……………………………………

……………………………………………

……………………………………………………

545 ……………………………………

……………………………………………

…………………………………………………

546 ……………………………………

…………………………………………

…………………………………………………

547 …………………………………………

………………………………

……………………………………

548 …………………………………………

…………………………………………

……………………………………

549 ……………………………………

……………………………………………

…………………………………………………

550 ……………………………………

……………………………………………

…………………………………………………

551 ……………………………………………

……………………………………

……………………………………………

可悲的玩具

这个歌集原名《< 一握砂 > 以后》，下面注着：“自四十三年（一九一〇年）十一月末起。”一九一二年春天啄木贫病交迫，四月初由友人土岐哀果经手，将歌集交东云堂书店出版。书名因为容易和《一握砂》相混，土岐把它改为《可悲的玩具》，是从啄木的《歌的种种》这篇论文里引的。

原句是：“……我的生活总是现在的家族制度、阶级制度、资本主义制度、知识买卖制度的牺牲。“我转过眼睛来，看见像死人似的被抛在席上的一个木偶，歌也是我的可悲的玩具罢了。”

根据岩波书店版《啄木全集》第一卷译出。

001 呼吸的时候
胸中有一种声响，
比冬天的风还荒凉的声响！

002 虽是闭了眼睛，
心里却什么都不想。
太寂寞了，还是睁开眼睛吧。

003 半路里忽然变了主意，
今天也不去办公，
在河岸彷徨了。

004 嗓子干了，
去寻找还开着门的水果店
在秋天的深夜里。

005 出去玩要的小孩不回来，
把玩具的火车头
拿了出来试走着看。

006 说想买书，想买书，
虽然没有暗地讽刺的意思，
试向着妻子说了。

007 想去旅行的丈夫的心！
数说、哭泣的妻子的心！
早晨的饭桌！

008 走出家门大约五町的样子，
像是有事情的人那么的
走走看——

009 按着疼痛的牙齿，
看太阳红红的
在冬天的朝雾中升起。

010 好像是要永久走着的样子，
思想涌上来了，
深夜里的街道。

011 可怀念的冬天的早晨啊，
喝着开水，
热气很柔和地罩上脸来。

012 不知怎么地

今晨我的心似乎稍微快活一点，

来剪指甲吧。

013 **茫然地**

注视着书里的插画，

把烟草的烟喷上去看。

014 中途没有换乘的电车了，

差不多想要哭了，

雨又在落着。

015 每隔两夜，
在夜里一点钟走上坡路，
这也是为了办公去啊。

016 似乎沉沉地
浸在酒的香气里，
脑子里感到沉重就回来了。

017 今天又有酒喝了！
明知喝了酒，
会要恶心。

018 我现在喃喃地说着什么，
这样地想着，
闭了眼睛赏玩着醉中的趣味。

019 爽然的醉醒了的愉快啊，
夜里起来了，
来磨墨吧。

020 半夜里来到凸出的窗口，
在栏杆的霜上
冰一冰我的手指尖。

021 无论怎样都随便吧，
我近来仿佛这样说，
独自感到恐怖了。

022 手脚似乎都分散了似的
懒懒的睡醒！
悲哀的睡醒！

023 摊开了家乡的不漂亮的报纸，
试捡出错排的字，
今晨的悲哀啊。

024 有谁肯把我
尽量地申斥一顿呢，
这样想是什么心情啊。

025 每朝每朝
摩挲着腿感着悲哀，
压在下边睡的腿稍微有点麻了。

026 如同在旷野里走的火车一样，
这个烦恼啊，
时时在我的心里穿过。

027 来到了郊外，
不知怎的，
好像是给初恋的人上坟似的。

028 像是回到了
可怀念的故乡了，
坐了好久没有坐的火车。

029 我相信新的明天会到来，
自己的话
虽然是没有虚假——

030 仔细一想
真是想要的东西似有而实无，
还是来擦烟管吧。

031 看着很脏的手——
这正如对着近日的
自己的心一样。

032 洗着很脏的手时的

轻微的满足

乃是今天所有的满足了。

033 今天忽然怀念山了，

来到了山里，

且寻找去年坐过的石头吧。

034 起晚了，没有看报的时间了，
像是欠了债的样子，
今天也这样地感到了。

035 过了新年放松了的心情，
茫然地好像是
忘记了过去的一切。

036 昨天以前从早到晚紧张着的
那种心情，
虽然想不要忘记。

037 门外面有踢毽子的声音，
有笑的声音，
好像是回到去年的正月似的了。

038 不知道为什么，
今年好像有好事情。
元旦的早晨是晴天，也没有风。

039 从肚子底里要打呵欠的模样，
长长地试打呵欠来看，
在今年的元旦。

040 每年总是
写上差不多相像的两三首歌
寄贺年信来的友人。

041 到了正月四日，
那个人的
一年一回的明信片也寄到了。

042 老是想世上行不通的事情的
我的头脑啊，
今年也是这样么？

043 人家都是
朝着相同的方向走去。
站在一旁来看这个的心情啊。

044 这个已经看厌了的匾额，
让它那么挂着
挂到什么时候为止呢?

045 就像那蜡烛
一点点地燃完的样子，
到了夜里的大年夜呀。

046 靠着青色的陶制火盆，
闭了眼睛，又张开眼睛，
在珍惜着时光。

047 漫然觉得明天会有好事情的想头
自己申斥了，
随即睡觉了。

048 也许过去一年的疲劳都出来了吧，
说是元旦了，
却总是迷蒙地睡。

049 不知怎的

那由来很可悲的

元旦午后的渴睡的心情。

050 一心凝视着

橘皮的汁所染的指甲

心里多无聊。

051 拍着手掌

等那睡眼朦胧的回答似的

那种着急的心情！

052 把不得已的事情忘记了来了——

这是因为中途上

吃了一粒丸药的关系。

053 连头带脸地蒙上被子，

蜷缩着两脚，

伸出舌头来，并不是对着什么人。

054 不知不觉的正月已经过去，
我又照老样子
过起生活来了。

055 同神灵议论得哭了——
那个梦啊，
四天前的早晨的事。

056 把回家去的时间，
当作唯一等候着的事情，
今天也是这样的工作了。

057 种种的人的意见，
难以臆测，
今天也是温顺地过去了。

058 我要是这个报纸的主笔的话，
想要做的事
有多少啊！

059 这是石狩的空知郡的
牧场的新嫁娘
寄来的黄油啊。

060 下巴颏埋藏在外套的领子里，
夜深时站下来听着，
很相像的声音呀！

061 Y 字的符号
旧日记里处处见到——
Y 字可能就是那人的事吧。

062 说是许多农民都戒酒了，
再穷下去，
将戒掉什么呢？

063 睡醒时那一刹那的心啊，
老人出奔的记事
想起来就落泪了。

064 我的性格
不适于与人家共事，
睡醒时这样地想。

065 不知怎的，
觉得和我的想法一样的人，
似乎意外的多。

066 对着比自己年轻的人，
吐了半天的气焰，
自己的心也乏了！

067 这是少有的事，
今天骂着议会，流出了眼泪，
觉得这是很可喜的。

068 想叫它一夜里开花来看，
用火烤那梅花的盆，
却是没有开呀。

069 不小心打破了一只饭碗，
破坏东西的愉快，
今晨又感到了。

070 试拉着猫的耳朵，
喵地叫了，
听着惊喜的孩子的脸啊。

071 为什么会这样的软弱，
屡次申斥着怯懦的心，
出门借钱去。

072 无论怎么等着等着，
应来的人总没有来的这一天，
把书桌搬来放在这里。

073 旧报纸！
哎呀，这里写着称赏我的歌的话，
虽然只有两三行。

074　　搬家的早晨落在脚边的
女人的照片
忘记了的照片！

075　　那时候并没有注意到，
假名写错的真多呀，
从前的情书！

076　　八年以前的
现在的我的妻的成捆的信札，
收在什么地方了呢，有点挂怀了。

077 **失眠的习惯的悲哀呀，**

有一点儿渴睡

就仓皇地去睡觉。

078 要笑也不能笑了——

找了半天的刀子

原来是在手里。

079 这四五年来

仰看天空的事一回都不曾有过。

这样的事也会有的么?

080 不用原稿纸，
字是写不成的，
这样坚信的我的孩子的天真啊。

081 好容易这个月也平安地过去了，
此外也没有贪图，
大年夜的晚上呀。

082 那时候常常地说谎，
坦然地常常地说谎，
想起来汗都出来了。

083 旧信札呀，
五年前，同那个男子
曾那样亲近地交往过呀！

084 名字叫什么呀，
姓是铃木，
现今在哪里干什么事呢？

085 看着那写着“生产了”的明信片，
暂时间
现出爽快的脸色来了。

086 “看哪，
那个人也生了孩子了。”
仿佛安心了似的睡下了。

087 “石川是个可怜的家伙。”
有时候自己这样的说了，
独自悲伤着。

088 推开房门迈出一只脚去，
在病人的眼里
是无穷尽的长廊子啊。

089 仿佛感到

放下了重荷的样子，

来到这病床上睡下了。

090 “那么性命不想要了么？”

给医生说了，

这才沉默了的心啊。

091 **半夜里忽然醒过来，**
没有理由地想要哭了，
蒙上了棉被。

092 向他说话没有回答，
仔细看时却在哭着呢，
那邻床的病人。

093 靠着病房的窗户，
看见了好久没见着的警察，
觉得很高兴呀。

094 晴天的悲哀的一种，
靠着病房的窗户，
玩味着烟草。

095 夜里很迟了，有个病房里那么喧扰，
是什么人将死了吧，
我屏住了气息。

096 来把脉的护士的手，

有很温暖的日子，

也有冰冷而且硬的日子。

097 进医院来的头一夜，

就立即睡着了，

觉得心里不满意。

098 不知怎的觉得

自己仿佛是个伟大的人哩，

真是孩子气。

099 抚摩着鼓胀的肚皮，

在医院的床上

独自感到悲哀。

100 醒过来时身体疼痛，
一动不能动，
几乎想哭了，等待着天明。

101 湿淋淋地出了盗汗，
天快亮的时候
还未清醒的沉重的悲哀。

102 模糊的悲哀的感觉
每到夜里
就偷偷地来到这病床上。

103 凭了医院的窗户，
望着形形色色的人们
精神抖擞地走着。

104 “已经看穿了你的心了！”
梦里母亲来了说，
哭着又走去了。

105 像是所想的事情被偷听去了似的，
突然地把胸脯退开了——
从听诊器那里。

106 心里悄悄的愿望
自己的病变得重到
让护士彻夜地忙。

107 到了医院里，
我又恢复了本来的样子，
怜爱起妻和孩子来了。

108 今天早晨刚想着——
不要再说谎了——
但是现在又说了一个谎。

109 不知怎的
总觉得自己是虚伪的硬块似的，
将眼睛闭上了。

110 将今天以前的事情
都当作虚伪去看了，
然而心里一点也得不到安慰。

111 说要去当军人，
叫父母很苦恼的
当年的我啊。

112 恍恍惚惚的，
胸中描画出来
提着剑、骑着马的自己的姿态。

113 姓藤泽的国会议员，
我把他看作兄弟一样，
曾经为他哭过呢。

114 常常这样的愿望：
干下一件什么很大的坏事，
却装出若无其事的样子。

115 “请静静地睡着吧。”
有一天医生这么说，
像是对小孩说话似的。

116 从冰袋底下，
眼睛里发着光，
睡不着的夜里憎恨着人。

117 春雪纷飞，
用发热的眼睛
悲哀地眺望着。

118 人间最大的悲哀
就是这个么？
忽然将眼睛闭上了。

119 查病房的医生多迟慢啊
把手放在疼痛着的胸上，
紧闭着双眼。

120 定睛看着医生的脸色，
别的什么也不去看——
胸前疼痛加剧的一天。

121 生了病，心也会弱了吧！
各式各样的
要哭的事情都聚到心中来了。

122　躺着读的书本的重量，
拿得疲劳了，
把手休息一下，独自沉思着。

123　今天不知为了什么，
两回三回
总想要一个金壳子的表。

124　什么时候一定想要出的书的事情，
封面的事情，
说给妻子听了。

125 胸前疼痛了，

春天的雨雪落下的一天。

喝药噎住了，躺下了，闭着眼。

126 新鲜的拌生菜的颜色

真可喜悦啊，

拿起筷子想尝一尝——

127 斥责小孩，可哀啊这个心，
妻啊，不要以为
这只是发高烧时的脾气啊。

128 半夜里睡醒觉得棉被沉重时，
几乎这样猜疑了：
命运压在上面了吧。

129 虽然觉得口渴得难受，
连伸出手去
拿苹果也懒得动的一天。

130 冰袋融化了，变得温暖了，
自然而然地醒过来，
觉得身体疼痛。

131 现在，梦中听见布谷鸟叫了。
不能忘记布谷鸟，
也是可悲哀的事情。

132

133 布谷鸟啊！
围绕着涩民村的山庄的树林的
黎明真可怀念呀。

134 来到故乡的寺院旁边的
扁柏树的顶上
叫着的布谷鸟啊！

135 把脉的手的颤抖
煞是可悲呀，
给医生申斥了的年轻的护士。

136 不知什么时候就记住了——
叫作 F 的护士的手
是冰凉的。

137 哪怕一回也罢，
想走到尽头去看看，
那个医院的长廊。

138 起来试试，
又立即想睡下去时，
疲倦的眼睛所看见的郁金香。

139 连紧握的力气都没有了的
瘦了的我的手
真是可怜啊。

140 想着我的疾病
那原因是深而且远啊，
闭了眼睛想着。

141 可悲的是
我有不愿意生病的心：
这是什么心啊。

142 想要一个新的身体，
抚摩着
手术的伤痕。

143 吃药的事情也忘记了，
莫名其妙的
觉得是令人宽慰的长病啊。

144 叫作波洛丁的俄国人的名字，
不知怎的
有时候一天几遍地回想起来。

145　不知什么时候走到我的旁边，
握我的手
又不知什么时候走去了的人们。

146　友人和妻子也似乎觉得可悲吧——
生着病，
革命的话却还是不绝于口。

147　从前觉得有些距离的
恐怖主义者的悲哀的心情——
有一天也觉得接近了。

148 这样的景况，
已经遇着过几回了呀！
现在只想任凭它去算了。

149 一个月只要有三十块钱，
在乡下就可以安乐地过日子——
忽然这样的想。

150

151 不知不觉已是夏天了。
用刚病好的眼睛看来觉得愉快的
雨后的光明。

152 病了四个月——
那些时时变换的
药的味道也觉得可怀念。

153 病了四个月——
这其间很明显地看出
我的孩子长高了，也可悲啊。

154 看着壮健的
越长越高的孩子，
我却越来越寂寞了，是为什么呢?

155 叫孩子坐在枕头旁边
眈眈地看着她的脸，
看得她逃走了。

156 平常老把孩子
当作麻烦的东西，
不知不觉这个孩子已经五岁了。

157 不要像父母，
也不要像父母的父母——
你的父亲是这样想呀，孩子！

158 可悲的是，
（我也是这样的啊），
申斥也罢，打也罢，都不哭泣的孩子的心！

159 “工人”“革命”这些话，
听熟了记得的
五岁的孩子。

160 放开嗓子
唱歌的孩子啊，
有时候也夸一夸她。

161 不知想着什么——
孩子放下了玩具，乖乖地
来到我的旁边坐下了。

162 讨点心的时间也忘记了，
孩子从楼上眺望
街上来往的行人。

163 新的墨水的气味，
沁到眼里的悲哀啊，
不知不觉庭院已发绿了。

事情。

164 注视着席子的一处的刹那
所想的是什么事，
妻啊，你叫我说出来么？

165 那年的春末的时候，
生了眼病所戴的黑眼镜——
已经坏了吧。

166 忘记了吃药，
好久以来头一次听见
母亲的申斥，觉得是可喜的事情。

167 把枕边的纸窗开了，

眺望天空也成了习惯——

因了长久的卧病。

168 心情变得像

驯良的家畜一样，

热度较高的日子感到百无聊赖。

169 想写点什么看看，

拿起钢笔来了——

花瓶里的花正是新鲜的早晨。

170 这一天我的妻子的举动
像是解放的女人似的。
我凝视着西番莲。

171 有如等待着没有指望的钱，
睡了又起来，
今天也是这样过去了。

172 什么事情都觉得厌烦了，
这种心情啊。
想起来就吸烟吧。

173　这是在某市时的事情，
友人所说的
恋爱故事里夹着假话的悲哀呀。

174　好久没有这样了，
忽然出声地笑了——
觉得苍蝇搓着两手很是可笑。

175　胸前疼痛的日子的悲哀，
也像香气很好的烟草一样，
有点儿舍不得呀。

176 想要引起一场骚扰来看看，
刚才这样想的我，
也觉得有点可爱。

177 不知为什么，想给五岁的孩子
起个叫索尼亚的俄国名字，
叫了觉得喜欢。

178 处身于难解的
不和当中，
今天又独自悲哀地发怒了。

179 要是养了一只猫，
那猫又将成为争吵的种子——
我的悲哀的家。

180 放我一个人到公寓里去好不好，
今天又几乎要
说出来了。

181 有一天忽然忘了在生病，
试学着牛叫——
当妻子没在家的时候。

182 悲哀的是我的父亲！
今天又看厌了报纸，
在院子里同蚂蚁玩耍去了。

183 我这个
独生的男孩长成这个样子，
父母也觉得很悲哀吧。

184 连茶都戒了
祈祷我的病愈的
母亲今天又为了什么发怒了。

185　今天忽然想和附近的孩子们玩要，
叫了却不肯来，
心里觉得很别扭。

186　……………………………………
………………………………
……………………………

187　买来的药
已经完了的早晨寄到的
友人惠赠的汇票多可悲呀。

188 斥责孩子，
她哭着睡着了。
伸手摸一摸那稍微张着嘴的睡脸。

189 无缘无故地
起来时觉得肺似乎变小了，
快到秋天的一个早晨。

190 秋天快到了！
手指的皮触着了电灯泡，
暖暖和和的觉得很可亲啊。

191 在午睡的孩子的枕边
买个洋娃娃来摆上，
独自觉得高兴。

192 我说基督是人，
妹妹的眼睛里带着悲哀的样子，
在可怜我了。

193　叫人把枕头摆在廊沿上，
好久没有这样了，
且来亲近傍晚的天空吧。

194　在院子外边，有白狗走过去了，
回过头来和妻子商量着：
“我们也养一只狗吧。”

图书在版编目（CIP）数据

爱啊美啊人生啊 / (日) 石川啄木著 ; 周作人译
. -- 天津 : 百花文艺出版社 , 2019.7
ISBN 978-7-5306-7732-2

Ⅰ. ①爱… Ⅱ. ①石… ②周… Ⅲ. ①诗集-日本-现代 Ⅳ. ① I313.25

中国版本图书馆 CIP 数据核字 (2019) 第 105619 号

爱啊美啊人生啊
AIA MEIA RENSHENGA
(日) 石川啄木 著　周作人 译

责任编辑: 郑　爽
特约编辑: 刘文文
书籍设计: UNLOOK·@广岛Alvin
出版发行: 百花文艺出版社
地　　址: 天津市和平区西康路35号　**邮编:** 300051
电话传真: +86-22-23332651 (发行部)
+86-22-23332656 (总编室)
+86-22-23332478 (邮购部)
主　　页: http://www.baihuawenyi.com
印　　刷: 北京中科印刷有限公司
开　　本: 787 × 1092毫米 1/16
字　　数: 120千字
印　　张: 21
版　　次: 2019年7月第1版
印　　次: 2019年7月第1版第1次印刷
定　　价: 69.80元

如有印装质量问题，请与北京中科印刷有限公司联系调换
地址:北京市通州区宋庄工业园1号楼101
电话:18800012301